모든
밤은
헛되지
않았다

장윤희 지음

프롤로그

살랑이는 바람이 말한다.

"사랑이라고"

반짝반짝 바다가 말한다.

"사랑이라고"

붉게 물드는 노을이 말한다.

"사랑이라고"

사랑이라 부르는 분홍빛 연인, 보랏빛 우정,

붉은빛 모성, 초록빛 부성, 노란빛 동심,

황금빛 자만심이 나를 깨우고

사랑으로 애달픔과 애절함이 증발해
소망과 믿음으로 봄비를 뿌려
메마른 심장에 똑똑똑 문을 두드려
부드럽게 흔들어 나를 살게 한다.

나를 깨운 사랑이
오늘의 당신에게 똑똑똑 심장에 문을 두드려
메마른 심장에 봄비를 뿌리고
살며시 흔들어 깨워 사랑하며 살아가길 바람 한다.

CHAPTER.1

심장에 피어난 사람

심장에
피어난 사람   ◦ ◦ ◦ ◦ ◦

너는 언제

멈춰버린 내 심장에 움터

메마른 감정에 수분을 뿌려

비옥한 양지를 만들어

꽃대를 세우고

꽃망울을 터트리고

꽃잎을 흩날리며

멈춰버린 내 심장에

콩닥, 콩닥 숨을 불어넣어

어느새 아름답게 피어났을까.

너는 언제 멈춰버린 내 심장에 움터

꽃망울을 터트리고

꽃잎을 날리며 피어났을까

장윤희

어릴 적부터 꿈이었던 읽고 쓰는 삶이

가난이라는 핑계로

직장인이라는 핑계로

엄마라는 핑계로

발목에 굳은살이 배기도록 묶어 놓았는데

서른 중반을 넘기고서야

다시 시작해 볼까 조심스럽게 낸 용기가

마흔을 코앞에 둔 이제야

읽고 쓰는 삶이 허황된 꿈이 아닌 평온한 현실로 자리

했습니다.

아직은 마음속 이야기를 전부 꺼내 담을 수 없지만

오랫동안 읽고 쓰는 사람을 살면서

그 마음 전부 담아낼 수 있는 작가가 되고 싶습니다.

그림 dan-u

똑같은
사랑인데

○ ○ ○ ○ ○

혼자 있으나,

둘이 있으나,

사랑은 해도 외롭고

사랑을 안 해도 외롭고

똑같이 외롭기만 한 사랑인데

나는 왜 이렇게 사랑이 하고 싶어

안달이 나는지 모르겠다.

사랑에
빠진 순간

○ ○ ○ ○ ○

내가 너에게 반한 순간은
너의 어느 단면에 반짝임을
본 순간이었을 것이고,

내가 너를 사랑한 순간은
너의 어느 단면의 눈물을
본 순간일 것이다.

재능 ° ° ° ° °

특출나지 않은 나를
특별하게 만들어 버리는
너의 재능은 사랑인가 보다.

화이트데이

                                      ○ ○ ○ ○ ○

남자가 사랑 고백할 때

왜? 사탕을 주는 줄 알아?

알록달록 단단해 보이는 사랑이

사실은 아주 여리고 여린 순정이므로

깨지지 않게 아껴 달라는 마음을

대신 전하기 위해 알록달록 동그란

사탕을 주는 거래!

겨울인
줄 모르고

○ ○ ○ ○ ○

코트 주머니에
손을 넣으면 느껴지는 온기 닮은
네가 있어 시리지 않아
다행이다.

따스한 봄을 기다리는 외로움이 아닌
차가운 겨울을 온전히 즐길 수 있어
행복이다.

그대가 사랑이라 칭하는 사람이
변함없이 나여서
감사함이다.

자신을 아낌없이 내어주는
내 곁을 지키는 그대는
사랑이다.

그대와 함께하는 겨울이
겨울인 줄도 모르고 지난다.

격리

。　。　。　。　。

사람들이 코로나에 감염되어
옴짝달싹 못 하고 격리되듯

나는 너에게 감염되어
너의 사랑 속에서 평생
옴짝달싹 못 하게 격리되었다.

그냥
사랑이고 싶다

○　○　○　○　○

종종 이는 나의 발걸음에
안타까움을 보이는 너에게
안타까운 사람이 되고 싶지 않은 나

늘어진 나의 어깨를 보며
미안함을 말하는 너에게
미안한 사람이 되고 싶지 않은 나

무거움이 내려앉은 나의 눈을 보며
눈물짓는 너에게
슬픈 사람이 되고 싶지 않은 나

나는 너에게만큼은 그냥 포근한 사람
나는 너에게만큼은 그냥 따뜻한 사람
나는 너에게만큼은 그냥 행복한 사람
나는 너에게만큼은 그냥, 그냥,
사랑하는 사람이고 싶다.

나의 종종 이는 발걸음이,
나의 늘어진 어깨가,
나의 무거움이 내려앉은 눈이,
나를 살아가게 하는 움직임일 뿐,
나는 너에게만큼은
아무 조건 없는, 아무 이유 없는
그냥 사랑하는 사람이고 싶다.

나는 너에게 만큼은

아주 조건 없는,

아무 이유 없는,

그냥 사랑하는 사람이고 싶다.

걸어간다

○　○　○　○　○

험난한 파도가 일렁거리고
깊고 깜깜한 회오리치는
태풍에 이리저리 깨진다 해도

나는 두려움 없이
너의 사랑으로 걸어 들어가
웅장한 너의 품에 안겨
철썩이는 사랑의 속삭임을
올곧이 들을 것이다.

힘듦의
무게

○ ○ ○ ○ ○

힘듦에 무게는

너도나도 모두 같이

자신의 것이 가장 무겁다고 하지만

너와 눈 맞추고

너와 두 손을 맞잡고

너와 함께 웃을 수 있다면

내가 짊어진 힘듦의 무게는 잊고

네가 짊어진 힘듦의 무게를

내가 대신 짊어져 주고 싶다.

상상만으로　○ ○ ○ ○ ○

눈에 보이지 않아도

귀에 들리지 않아도

손에 만져지지 않아도

상상만으로도

생각만으로도

입가에 미소로

가슴에 벌렁거림으로

벅찬 너.

아기처럼

아주 작은 들꽃을 닮은
아기를 눈여기듯 너를 바라보고
아기를 어르듯 너를 쓰담 이고
아기를 조심스레 품듯
너를 애틋하게 안을 것이다.

나는 아기가 다치지 않게
아기가 상처받지 않게
정성으로 돌보는 어미처럼
너를 그렇게, 그렇게,
사랑할 것이다.

너는

○　○　○　○　○

사소한 나의 말을 지나치지 않고
사소한 나의 행동을 눈여겨보고

때로는 나도 알지 못하는
내 습관을 캐치하고
때로는 나도 느끼지 못하는
내 감정의 흐름을 읽는

나 자신보다,
나를 더 알고 싶어 노력하는
사람을 사랑이라 부르고 싶게 하는

앞으로 나를 낳아준 엄마보다

더 오래 나를 사랑하게 될 그런 사람.

발렌타인데이

○ ○ ○ ○ ○

여자가 사랑 고백할 때
왜? 초콜릿을 주는 줄 알아?
사랑이 언제나 달콤한 날만 있지 않고
때로는 씁쓸한 날도 있기에 그런 날에도
자신을 떠나지 말아 달라는 마음을 대신
전하기 위해 달콤 쌉싸름한 초콜릿을 주는 거래!

짝

먹는 것도 반대,

입는 것도 반대,

취향도 반대,

취미도 반대,

번번이 틀리는 우리인데

사랑이란 감정으로 하나가 되는 걸 보니

우리는 하늘이 점찍어준

운명의 짝이 확실하다.

등에
새긴 마음

○ ○ ○ ○ ○

나의 뒤에서
나의 작은 등을 바라보고
나의 등에 새겨진
마음을 읽어주는 사람

그 사람이 곧 사랑일 것이고
놓쳐서는 안 될
마지막 사람일 것이다.

호흡곤란

○ ○ ○ ○ ○

두근두근 심장은 걷잡을 수 없이 빨라지고
헐떡헐떡 숨이 목까지 차올라 호흡곤란이 오고
너의 손이 닿는 순간 나의 심장이 멈춘다고 해도
너를 사랑하는 지금, 이 순간을
나는 절대 후회하지 않을 것이다.

주인

○ ○ ○ ○ ○

분명 내 마음은 내 건데
이상하게 너만 보면
내 마음이 내 것이 아닌
너의 것이 되어
내 마음대로 되지 않는다.

언제부터였을까?
내 마음의 주인이 너로 바뀐 것이.

그대
이름

○ ○ ○ ○ ○

돈 없다 무시하지 않고

명예가 없다 괄시하지 않고

재능이 없다 타박하지 않는

젊은 날 서러움 담아주고

지나는 청춘에 괴로움 녹여주고

나이 든 외로움 나누어 주는

때로는 가족보다 진하게

때로는 연인보다 뜨겁게

세상에 기댈 곳 없을 때 찾을 수 있는

항상 그 자리에 우둑하니 변하지 않는 일상처럼

헐벗은 나를 그대로 사랑해 주는

인생에 행운으로 동행하는

그대 이름 친구.

인생에 행운으로 동행하는

그대 이름 친구

진한
말

○ ○ ○ ○ ○

진심을 전할 때
사랑한다는 말보다
진한 말이 없듯

눈부시게 반짝이는 너에게
가장 어울리는 말 또한
"사랑해" 이 말밖에 없다.

Merry
christmas

○ ○ ○ ○ ○

사탕발림이라도 좋고,

악마의 조롱이라도 좋으니,

오늘 같은 날이면

내가 혼자인 것조차 망각할 수 있게

"사랑한다." 속삭여 주는 이가,

내 곁에 있었으면 좋겠다.

오색 빛 찬란하게 사랑할 수 있게

그래도

○ ○ ○ ○ ○

사랑해서 외로워도.

사랑해서 슬퍼도.

사랑해서 아파도.

사랑해서 울어도.

너를 사랑할 수 있기에

나는 그래도 좋아.

좋다

○ ○ ○ ○ ○

순수하지 않은 내가 좋다.
화려하지 않은 내가 좋다.
가식적이지 않은 내가 좋다.

과장하지 않는 네가 좋다.
꾸미지 않은 네가 좋다.
거창하지 않은 네가 좋다.

너의 앞에 솔직한 나를
사랑하는 네가 좋고,
나의 앞에 진솔한 너를
사랑하는 내가 좋고,
거짓 없이 서로를 바라보는
우리여서 좋다.

사랑水

지독한 그리움 꽃잎으로 지우고
쓰라린 외로움 잎사귀로 지우고
향기로운 사랑 눈물로 지운다.

오롯하게 홀로 남겨진 나는
아프고, 아프다 눈물로
목 놓아 울며

다시금 펄럭이며 날아들 사랑에
다시금 살랑이며 불어올 사랑에
다시금 향기롭게 피어날 사랑에
가슴이 메마르지 않도록
온전한 나의 감정을 녹여
사랑水를 채운다.

새기다

○　○　○　○　○

내 귀에 닿는 너의 숨소리는
나의 두 뺨에 연분홍 화장을 시키고

내 피부를 스치는 너의 손짓은
나의 살갗에 오돌토돌
화려한 옷을 입히고

내 입술을 포개는 너의 온기는
나의 숨을 거칠게
토해내게 하고

달빛만이 비추는 밤
영롱한 몸짓으로 너에게
가까이, 가까이 다가서
하나의 몸짓으로 춤추게 한다.

둘이 아닌, 하나로 맞이하는
눈부신 아침 소용돌이치는
나의 심장은 너의 사랑을 뜨겁게
새기고, 또 새겨 넣는다.

찬란하다

○ ○ ○ ○ ○

20대 패기로 반짝이는 사랑을 했다.
빛나는 사랑은 나를 화려하게 했다.
그러다 문득 찾아올 이별 앞에 한없이
나약하게 불안에 떨게 했다.
이별 앞에 흐르는 눈물을 닦아 낼 용기 없이
슬픔으로 나를 달달 볶아 냈다.

30대 은은하게 물들이는 사랑을 했다.
잔잔한 사랑은 노련함으로 찬란했다.
그리다 문득 다가올 이별에 앞에
흐르는 눈물을 닦아 낼 용기로
슬픔으로부터 나를 지키려 애썼다.

패기로 사랑했던 20대는

사랑 앞에 강자로 이별 앞에 약자로

나를 애달프게 했지만

노련함으로 사랑하는 30대는

사랑 앞에 찬란하게 이별 앞에 당차게

나를 아름답게 했다.

시선

한때 나의 시선 끝에
멋진 그대가 있고
어느 때 나의 시선 끝에
동행할 그대 있고
지금 나의 시선 끝에 평생 품어
살고 싶은 그대가 있다.

나의 시선 끝에 네가 있고
너의 시선 끝에 내가 있듯
하나로 마주친 두 시선 끝에
우리가 있다.

나의 시선 끝에 네가 있고
너의 시선 끝에 내가 있듯
마주치는 두 시간 끝에 우리가 있다.

첫사랑

드라마 한 장면 속에
숨어 있는 사랑

밑줄 친 문장 한 구절에
고개를 빼꼼 내미는 사랑

한때 마음을 다해 사랑했고
한껏 아파했던 사랑

진정한 사랑인 줄 알았는데
돌아보니 순수함이었던 사랑

순수했기에 계산 없이 사랑했고
미련 없는 추억을 남긴 사랑

지금은 그 기억이 흐려
그대의 모습 찾기 힘들어
내 곁에 그대를 둘 수 없지만
불현듯 문득문득 스치며 인사하는
나의 첫사랑

마중

○　○　○　○　○

살벌한 학업 앞에 늘어진
너의 어깨에
짐을 나누고 싶어 가는 마중

취업 전선에서 헐벗은
너의 어깨를
감싸 주고 싶어 가는 마중

치열한 경쟁에서 돌아오는
너의 버거운 어깨를
다독이고 싶어 가는 마중

꿈을 위해, 생계를 위해, 미래를 위해

고군분투하는 너에게 위로가 되고 싶은

나의 마음은 너의 고단함 끝으로

오늘도 마중을 간다.

향초

○ ○ ○ ○ ○

작은 불빛을 일렁이며 타닥타닥
어둠을 깨우며 살랑이고

노오란 일렁거림은 타닥타닥
적막한 그리움을 달래고

코끝 진한 달콤한 향기는
코끝 찡한 외로움을
쓰다듬으면 어루만져 준다.

작은 향초도 제 태생을 다 하기 위해
뜨거움을 뿜어내며 온몸을 태워
제 역할로 향기로운데
사람 앞에 외면당할까 마음에 벽을 치고
사랑 앞에 상처받을까 마음을 꽁꽁 숨기는
나는 제 태생을 열정으로 사랑한다.
말할 수 있을까?

타닥타닥 일렁이며 타들어 가는 향초처럼
제 숨이 다하는 동안 뜨겁게 사랑하고
사랑하며 살아가고 싶다.

노부부

흰 눈이 내린 당신 머리카락에
살포시 자리한 중절모가 멋들어지게
어울리는 당신이 좋습니다.

모진 아픔에 가슴을 쓸어 담을 때도
버거움 벗어나고 싶어 안달 날 때도
행복함에 눈물을 흘릴 때도
즐거워 환하게 웃을 때도

언제나 나를 혼자 두지 않고
무릎이 굳어 지팡이를 짚고도
허리가 굽은 나의 손을 여전히
따뜻하게 잡아 주는 당신이 좋습니다.

나 홀로 나이 먹게 하지 않는 당신이
우리 함께 늙어 나를 외롭게 하지 않는
당신이 좋습니다.

남은 생 사랑보다 깊은 마음으로
살아가자는 진심 어린 당신의 말에
나는 행복합니다.

지나간 시간에, 돌아올 시간에
동행자가 당신이라서
나는 참 감사합니다.

지나간 시간에
돌아올 시간에
동행자가 당신이라서
나는 참 감사합니다.

아버지

○　○　○　○　○

위험 앞에 두려움 앞에
붉은 깃발을 흔들며
온몸으로 울리는
투박한 몸짓이

나약한 나의 인생에
든든한 버팀목이 되어
내딛는 발마다 희망의 씨앗을
품게 합니다.

축복

천진한 웃음에
맑은 몸짓에
백옥 같은 마음에

다정히 손 내미는
너희가 있어

이번 삶은 행복이고
이번 생은 축복이다.

아빠가
　　되었다

　　　　　　° ° ° ° °

떡 벌어진 어깨를 가졌을 당신

여유를 부리고 만끽했을 당신

자신을 위한 자존감으로 살았을 당신

그런 당신은 어느 날부터

자존심은 잊고 고개를 숙이고

여유를 사치라 생각하며

자신을 버리고 자식을 위해 살아가는

떡 벌어진 어깨 대신 가장의 무게를

견디는 쓸쓸한 세월 지고 있는

아빠가 되었습니다.

엄마가
되었다

° ° ° ° °

엄마의 잔소리 없이는
아침을 맞이하지 못하던 당신
여행 가방 하나 들지 못해
끙끙거리던 당신
밥보다는 빵을 선호하던 당신
패션에 민감해 시즌 쇼핑을
놓치지 않던 당신

어느 날부터 당신은
아이를 깨워 아침을 맞이하고
시장바구니에 기저귀 가방에
아이까지 안고 다니는 근력이 생기고
빵 먹겠다고 보채는 아이를 달래

된장국에 밥을 꾹꾹 말아 먹이고
패셔니스타이던 당신은
무릎 나온 추리닝을 입고도
아이 계절 옷 사는 일에 신이 나는

양손이 모자라 뱃속까지
새 생명을 품고 다니면서
나 자신 힘든 줄 모르고
행복함에 젖어 살아가는
엄마가 되었습니다.

어느새 나 힘든 줄 모르고
행복에 젖어 살아가는
엄마가 되었다.

주문

ㅇ ㅇ ㅇ ㅇ ㅇ

사랑하는 그대의 버거웠던 하루를
지워내고 싶은 마음과
사랑하는 그대가 새롭게 시작할 내일에
행복을 전하고 싶은 마음의 주문

그대 좋은 꿈 꿔!

견고한
사람

○ ○ ○ ○ ○

내 품에 안긴 네가
어색했고
신기했고
아팠다.

널 품에 안은 나는
어설펐고
서툴렀고
고단했다.

너를 만나고 생겨난

감정의 조각들이

이리저리 퍼즐을 맞추고

너를 만나기 전,

서툴고, 나약했던 나를

견고하고 단단한 사랑을 갖춘

성실하고 헌신하는 사람으로

강인한 삶을 살게 한다.

구두

○ ○ ○ ○ ○

닳은 밑창은
당신의 노동이었고

칠이 벗겨진 앞코는
당신의 버거움이었고

가죽을 잃은 뒤창은
당신의 성실함이었다.

사랑으로 고단함을 감내하며
앞만 보고 달려온 당신이 있었기에
나는 먹고, 자고, 배우고
살아갈 수 있었을 것이다.

끈조차 맬 수 없는 낡은 구두가

당신이 희생으로 견뎌온

시절과 많이도 닮아

나의 가슴을 뚜벅뚜벅 적시 운다.

자식

○　○　○　○　○

너의 작은 눈짓 하나에
내 마음 심쿵 하고

너의 작은 손짓 하나에
내 마음 울컥하고

너의 작은 몸짓 하나에
내 마음 벅차오른다.

세상 그 무엇보다 소중하고
세상 그 무엇과 바꿀 수 없고
세상 그 무엇도 대신할 수 없는

나의 삶보다 소중하고

나의 목숨도 아깝지 않은

내 모든 것이 허락되는 유일한 사람

모성애

○　○　○　○　○

내 품에 붉은 동백으로 안긴 너를
하얀 목련 젖가슴을 물기 위해
작은 입술로 안간힘 다해
쪽쪽쪽 지저귀는 너를

울컥 올라오는 뜨거운 눈물이
붉은 동백 같은 너를
평생 지켜내고 싶다는 애달픈 모성애가
황금빛 찬란하게 피어난다.

외사랑

○ ○ ○ ○ ○

혼자만 바라봐도 좋고.

혼자만 속삭여도 좋고.

혼자만 행복해도 좋다.

너를 바라볼 수만 있다면

너의 안부를 들을 수만 있다면

네가 알아주지 않는

혼자인 나라도

널 사랑할 수 있다면

혼자여도 사랑이고 싶다.

초록불

○ ○ ○ ○ ○

타인으로부터 내 마음 움츠러들까 노란불
타인으로부터 내 마음 상처받을까 빨간불

어느 날에 내 마음은 지시등을 켜고
내 곁에 다가오는 이를 떠나게 하고
어느 날에 내 마음은 비상등을 깜박이며
내 곁에 다가설 이를 갈팡질팡 망설이게 하면서

오직 너에 대한 사랑에 움츠러들어도,
오직 너의 대한 사랑에 상처가 되어도
너를 향하는 내 마음이 너에게만큼은
오직 초록 불만 반짝인다.

날마다

어제는 좋았나?
오늘은 좋을까?
내일은 좋았으면...

날마다 좋은 날을 찾아
헤매던 시간이 언제인지
기억에 없다.

너를 보고,
너의 이름을 부르고,
너를 품에 안고,

날마다 좋은 날이 있을까?
고민하던 내가 무색하게
어제도, 오늘도 그리고 내일도

너를 만난 순간부터
날마다, 날마다 좋은 날이
여기, 너와 함께 있다.

너를 만난 순간부터
날마다, 날마다 좋은 날이
여기 너와 함께 있다.

사랑비

촉촉하게 내리는 비가
메마른 대지에 톡톡톡 물들이고
알록달록 꽃잎 톡톡톡 적시듯

너의 사랑은
나의 피부를 톡톡톡 물들이고
나의 심장을 톡톡톡 적신다.

핑계

허름하고,

지치고,

고단한 시간에

위로라는 핑계로

떠올리는 사람이

그대가 아니라는 것이

감사하고,

평온하고,

즐겁고

행복한 시간에

함께하고 싶다는 핑계로

떠올리는 사람이

그대라는 것을

사랑한다.

짝사랑

나의 이름을 불러주는
너의 음성이 좋다.
나의 어깨를 스치는
너의 손끝이 좋다.
나를 바라보는
너의 시선이 좋다.

나의 떨림과 두근거림을 먹고
가슴 한편에 자라나는
이 시림마저도 나는 황홀하다.

너의 곁에 숨어

내 속에 숨 쉬고 있는

너는 알 수 없고

나만 알 수 있고

나만 알고 있는

나만의 사랑

당신에게도

당신이 흩날리는 벚꽃을 볼 때
생각나는 사람이 나였으면 좋겠다.

당신이 푸른빛 일렁이는 바다를 볼 때
생각나는 사람이 나였으면 좋겠다.

당신이 떨어지는 낙엽을 볼 때
생각나는 사람이 나였으면 좋겠다.

당신이 하얀 눈사람을 만날 때
생각나는 사람이 나였으면 좋겠다.

내가 그런 것처럼

당신의 계절에 살고 있는 사람이

"나"였으면 좋겠다.

너에게

○　○　○　○　○

나는,

너에게 어둠을 밝히는

반짝이는 사람이고 싶어.

나는
너의 어둠을 밝히는
반짝이는 빛이 되고 싶다.

반짝이는

° ° ° ° °

수없이 울리는 알람이 무색했던 내가

너와의 만남 앞에

알람이 울기도 전에 눈을 뜨고

이불 밖은 위험하다고 말하던 내가

너와의 만남 앞에

이불속 포근함도 가볍게 져버리고

씻는 일이 세상 귀찮던 내가

너와의 만남 앞에

세신사가 되어 달콤한 향으로

온몸을 휘감고

잿빛 트레이닝복을 즐기던 내가
어느새 알록달록 무지개 색감에
청량한 나로 깨워

나를 빛나게 하는 너의 곁에
반짝이는 사랑으로 머무르게 한다.

아마도

○ ○ ○ ○ ○

너를 기다리며 맞는 햇볕이 따갑지 않고
너를 기다리며 스치는 바람이 차갑지 않고
너를 기리며 바라보는 풍경이 아름답고

많은 사람들 사이에
생기를 품고 걸어오는
너의 모습을 찾는 내가 웃는다.

별거 아니었던 너를 기다리는 일이
별거처럼 느껴지는 오늘,
아마도 나에게
사랑이 시작된 것 같다.

너를
담는다

○ ○ ○ ○ ○

봄
흩날리며 나부끼는 벚꽃 담아내듯
하늘하늘 흔들리는 너를 담고 싶다.

여름
푸른 물결 철썩이는 파도 담아내듯
청량하게 부서지는 너를 담고 싶다.

가을
은행잎 그윽한 향기 담아내듯
영롱하고 은은한 너를 담고 싶다.

겨울

차곡차곡 쌓이는 하얀 눈송이 담아내듯

소복소복 포근한 너를 담고 싶다.

봄, 여름, 가을, 겨울

자연이 변화는 계절을

게으름 없이 담아내듯

나는 사랑으로 변화는

너의 몸짓,

너의 눈부심,

너의 향기,

너의 촉감,

하나도 빠짐없이

내 품에 가득 담고 싶다.

반하다

○ ○ ○ ○ ○

찰랑이는 너의 머릿결에
내 마음 요동치고

가늘게 뻗은 너의 손끝에
내 마음 콕콕 찔리고

눈부심에 깜박이는 너의 눈에
내 마음 반짝인다.

느린 너의 몸짓에
내 눈은 빠른 속도로
너를 쫓는다.

이런 나,

너에게 반한 것 같다.

너를
만나는 날

한참 거울 앞에 서성인다.
이 옷, 저 옷 참 많아도
꺼내어 본다.

머리를 올릴까? 말까?
누구에게 하는 질문인지
째깍째깍 흐르는 시간에
애간장만 녹는다.

너를 만나는 날이면
너의 옆에
너의 손을 잡고
너의 어깨를 감싸며
너의 곁을 지켜는 내가 되고 싶어

나의 거울은 이리, 저리 분주하고
나의 침대는 삐쭉삐쭉 심통 나지만
너를 향해 뻗어나가는 발걸음은
흥얼흥얼 신이 난다.

이런
기분이겠지

ㅇ ㅇ ㅇ ㅇ ㅇ

너와 나란히 발맞춰 걷는다면
둥실둥실 구름 위에 떠 있는
살랑살랑 바람이 속삭이는
코끝 진한 향기로운 꽃길 달리는
밤하늘에 반짝이는 별이 쏟아지는
은은한 달빛 조명 비추는
아마도 이런 기분이겠지.

너와 나란히 발맞춰 걷는다면
어깨가 닿을까 수줍게 설레고
손끝이 스칠까 짜릿하게 두근대는
나의 심장의 위치를
정확하게 알게 되는
아마도 이런 기분이겠지.

첫
키스

° ° ° ° °

너를 바래다주는 길 끝에
마주 선 검은 두 눈동자
작은 움직임으로 소근 대는
너의 입술을 훔친다.

"좋아해" 떨리는
나의 두 손이 말하고

"사랑해" 두근대는
나의 심장이 말한다.

"사랑해"

두근대는 나의 심장이 말한다.

고백

○　○　○　○　○

수줍은 두 볼
상기된 입술
두근대는 가슴

두렵지만 뜨겁게
너에게만 들려주고 싶은
진솔한 나의 고백

"널 좋아해"

읽는
사람

○ ○ ○ ○ ○

소리 내어 나를 부르지 않아도
너의 목소리를 들을 수 있고

두 팔 벌려 나를 안지 않아도
너의 온기를 느낄 수 있고

내 눈앞에 보이지 않아도
너의 모습을 그릴 수 있는,

내 곁에 네가 없다 해도
늘 너와 하나로
너를 읽을 수 있는
유일한 사람
이고 싶다.

내 곁에 네가 없다 해도
늘 너와 하나로
너를 읽을 수 있는
유일한 사람이고 싶다.

봄을
닮은

○ ○ ○ ○ ○

아름드리 노란 개나리

담장 아래 기대어

봄을 닮은 너를 기다린다.

홍조 물고 피어난 매화꽃

그늘 아래 서서

봄을 닮은 너를 기다린다.

초록색 새초롬 고개 내민 잔디

벤치에 앉아

봄을 닮을 너를 기다린다.

살랑살랑 봄바람 속삭임에
잠들어 있던 설렘이
두근두근 깨어나고
백지 무채색 마음은
알록달록 무지개를 그린다.

나풀나풀 다가서는 너의 모습에
쿵쿵 쾅쾅 심장을 요동치고
쿵쿵 쾅쾅 요동치는 심장은
봄 하늘 가득 일렁이며 떠다니기도,
봄 햇살 가득 따사로이 나부끼기도,
쿵쿵 쾅쾅 요동치는 심장은
봄을 닮은 너로 만개한다.

흡수

○ ○ ○ ○ ○

파르르 떨리는 너의 파장은
나의 살결을 미소 짓게 하고

두근대는 너의 울림은
나의 가슴을 웅장하게 하고

내 손끝에 닿는 부드러운
너의 감촉은
나를 설레게 한다.

나는 고단한 핑계로 너의 등에 기대는
이 순간
나의 모든 세포를 자극해
너의 사랑을 흡수하고

네가 없는 외로운 어느 날

시들시들 굶주린 나의 심장에 흡수시켜

다시금 나를 살게 하고

다시금 너를 사랑하게 한다.

일상

○ ○ ○ ○ ○

무거운 눈꺼풀로 깨어나지
못한 버거운 아침
너의 생각으로 나를 깨워
안부를 전하게 한다.

나른함이 밀려드는
늘어지는 점심
너의 목소리로 나를 깨워
활기로 응답하게 한다.

고단함에 휘청대는
퇴근길 저녁
너를 향한 그리움으로 나를 깨워
달려가 안기게 한다.

혼자일 때 아침은 버거움뿐이었고
혼자일 때 점심은 나른함뿐이었고
혼자일 때 저녁은 고단함뿐이었는데

너를 만나 깨어난 아침은 평온함이요.
너를 만나 깨어난 점심은 활기참이요.
너를 만나 깨어난 저녁은 포근함이다.

너는 나의 무기력한 사랑을 깨어
붉은 불꽃으로 타오르게 하고
너는 시들어 가던 나의 하루를 깨어
역동적으로 움직이게 해
너로 인해 깨어난 나를
너를 사랑하며 살아가는
일상으로 만든다.

오롯하게

◦ ◦ ◦ ◦ ◦

딱딱한 목석같은 표정을 지나
몽글몽글 포근한
나를 알아주는 당신

뾰족뾰족 가시 돋친 말을 지나
하늘하늘 부드러운
나를 알아주는 당신

초라한 옷매무새를 지나
반짝반짝 고귀한
나를 알아주는 당신

남들이 말하는 나에게 현혹되지 않고

오롯하게 자신의 눈으로

나를 알아주는 당신

거짓된 사탕발림 없는

진실 된 마음으로

나를 알아주는 당신

나도 그런 당신을

오롯하게 사랑합니다.

그런,
그대

○ ○ ○ ○ ○

창문을 두드리는 빗소리에
머무르는 그대.

하얗게 쌓이는 눈 위에
그려지는 그대.

철썩이는 파도에
부서지는 그대.

나부끼는 바람에
흩날리는 그대.

내 마음에 그대는
그런, 그대.

취기

나의 눈과 마주한 반짝이는 너의 눈
투박한 나의 손을 맞잡은 너의 흰 손
나의 입술에 살며시 포개진 너의 입술
너를 품은 나의 가슴은 달콤함이 묻는다.

나는 너의 달콤함에 취해 어질어질
정신을 차릴 수 없고
너의 달콤함에 취한 다리는
휘청, 휘청 춤을 춘다.

너의 달콤한 사랑에 취한 나는
오래도록 춤추고
너의 달콤한 사랑에 취한 나는
영원히 깨어나지 못할지도 모른다.

그렇다 한들

나는 너의 달콤함에 취해 휘청대는

지금 나의 모습이 아름답기 그지없다.

쓰담이는

○ ○ ○ ○ ○

나의 머리를 쓰다듬어 그대가 있고
나의 손을 잡아주는 그대가 있고
나를 끌어 안아주는 그대가 있어
나는 행복하다.

그리고
그대 곁에 있는
내가 사랑스럽다.

동행자

○   ○   ○   ○   ○

허공에 하염없이 흔들리는
너의 손을 잡고

온종일 콩콩 이는
너의 발에 맞춰

해내지 못할까 불안하고
뒤처져 낙오될까 두려운
너의 걱정을 덜어내며

작은 너의 손이
나만큼 단단해질 때까지

작은 너의 발에
나만큼 세차질 때까지

나는,
작은 너의 손을 잡고,
작은 너와 발을 맞춰
너의 삶에 동행자가 되어줄게.

작은 너의 손이
나만큼 단단해질 때까지
작은 너의 발이
나만큼 세차질 때까지
너의 삶에 동행자가 되어 줄게.

이런
날

구름 한 점 없는 파란 하늘이 인사하는
이런 날,

햇살이 눈부시게 반짝이는
이런 날,

불어오는 바람이 상쾌한
이런 날,

너와 함께 달콤한 사랑이 먹고 싶은
이런 날,

수많은 이유로 네가 보고 싶은
이런 날,

당연하다

○ ○ ○ ○ ○

장미에 가시가 당연하듯

바다에 파도가 당연하듯

숲속에 나무가 당연하듯

하늘에 구름이 당연하듯

나에게 너는

그렇게 당연하다.

짧은

가을

ㅇ ㅇ ㅇ ㅇ ㅇ

이토록 짧은 가을임에도

영원할 것 같은 사랑이

우리에게 시작되었다.

사랑이라고 ○ ○ ○ ○ ○

나를 품은 너의 손길이
온기를 전하는 살결이
다독임 받는다는 것이
위로받는다는 것이
이토록 따뜻한 것이라고

너의 품에 안긴 나에게
쿵쾅대며 맞닿은 두 개의 심장이
이토록 따뜻한 것이 사랑이라고
말하고, 또 말한다.

쿵쾅대며 맞닿은 두 개의 심장이

사랑이란

이토록 따뜻한 것이라고

말하고 또 말한다.

사랑의
조건

○ ○ ○ ○ ○

내 사랑을 함부로 대하지 말라는 조건

내 사랑을 당연하다고 여기지 말라는 조건

내 사랑을 자신의 것으로 착각하지 말라는 조건

내가 당신을 사랑하는 것은

내 소중한 마음이 하는 것이고

내가 당신을 사랑하는 것은

내 소중한 마음이 많은 사랑 중

신중을 다한 선택이었고

내가 당신을 사랑하는 것은

내 마음이 당신에게 향한 것뿐

내 소중한 마음이 하는 일이란 것을

당신이 잊지 말아야 한다는 조건을

고귀한 내 사랑 앞에 붙인다.

그

누구도 아닌

○　○　○　○　○

종종거리며 시작된 아침은

사람에 치이고

업무에 치이고

계급에 치이고

하루 종일

이리저리 치이게만 하고

어둠이 내려앉은 밤은

가엾은 나를 달래 주는 이가 없이

슬프지만

누구보다 나의 고단함을
잘 아는 이는 나이기에
온종일 버둥대던 나에게
"오늘 하루 수고했다"
내일도 씩씩이며 살아갈 힘을 실어주고

가엾은 나를 다독이며
나를 사랑해 주는 사람이
그 누구도 아닌,
내가 먼저가 되길

지나는
가을에

○　○　○　○　○

너와 나란히 앉아
바라보는 이 가을이
마지막이 아닌

너와 나란히 앉아
바라보는 이 가을이
매번 처음과 같기를

가을이 끝나고
시작되는 겨울에도
너와 나란히 앉아
같은 곳을 바라보기를

우리의 지금이

여전히 "너"와 "나"이길

지나는 가을에

마음을 담는다.

부끄럼
없이

웃고 싶을 때 웃고,
화날 때 화내고,
울고 싶을 때 울고,

너란 사람 앞에서
나는 솔직한 사람이고 싶다.

너의 감정을 챙기려
나의 감정을 숨기지 않고
너의 손길로 어루만져지는
나의 감정이 부끄럼 없이
너와 사랑하고 싶다.

어느
날

° ° ° ° °

너를 향해 미소 짓던 어느 날로부터

너와 이야기 나누던 어느 날로부터

너의 나란히 앉아 밥을 먹던 어느 날로부터

술 취한 붉은 얼굴로 너를 바라보던 어느 날로부터

내가 알지 못한 수많은 어느 날로부터

너를 좋아하게 했고

수많은 어느 날들이 모여

널 사랑하게 한다.

수많은 어느 날이 모여
널 사랑하게 한다.

꿈같은 ○ ○ ○ ○ ○

너와 손을 맞잡고
너와 눈을 맞추고
너와 입술을 포개고
너를 품에 안을 수 있는
꿈같은 이 순간에

연인이라 부르는 사람이
변함없이 "너"이길
나는 간절히 소망한다.

너를
만난 순간부터

너를 만난 순간부터

나는 반했던 것 같아.

너를 만난 순간부터

나는 설레었던 것 같아.

너를 만난 순간부터

나는 행복을 예감했던 것 같아.

너를 만난 순간부터

나는 함께인 미래를 그렸던 것 같아.

너를 만난 그 순간부터

나는 사랑을 시작한 것 같아.

그대
이름 2

° ° ° ° °

남루한 청춘에 동반자를 지나

빠르게 달리던 중년에 경쟁자를 건너

어제와 다르지 않을

지루한 노년에 말벗이 되어

일생에 "낙"으로 남아 줄 사람

그대 이름 친구

낭월

깊은 어둠 내려앉은
밤길 달래는
월하 닮은
가로등처럼

짙은 그리움 내려앉은
나의 외로움 달래주는
낭월 닮은
포근한 너.

*낭월 : 맑고 밝은 달

미치게

○ ○ ○ ○ ○

스치는 바람만 닿아도 애달프고,
흔들리는 나뭇잎만 봐도 보고 싶고,
훌훌 떠다니는 구름에 눈물이 나는,

그런 네가
내 곁에 있는 것만으로도
"행복해" 죽을 것 같은데

그런 너와
사랑하고 있는 사람이
"나"라는 게
"미치게" 좋다.

자동센서

○　○　○　○　○

좋은 걸 보면 생각나고,
예쁜 걸 보면 생각나고,
맛있는 음식 보면 생각나고,
행복한 일이 있으면 생각나고
내가 하려 하지 않아도
내 머리와 상관없이
내 마음이 너를 부르고
내 마음이 너를 찾고
내 마음이 너를 머무르게 해
꼭 자동센서가 새겨진 것처럼
너를 번쩍번쩍 떠오르게 한다.

CHAPTER.2

모든 밤은 헛되지 않았다

뜯지
못할 선물

ㅇ ㅇ ㅇ ㅇ ㅇ

나의 이름이,

나의 집 주소가,

나의 연락처가 적혀 있는

나의 것이 확실한 선물인데,

상자 속에 담긴 슬픔을 이미 알고 있기에

상자를 뜯을 수도, 그냥 둘 수도 없어

갈 곳 잃은 나의 두 손이 무겁기만 하다.

아니라고

○ ○ ○ ○ ○

슬픔으로 외로웠던 인연이기에
내가 매몰차게 돌아서며
끝날 줄 알았는데

스치는 사람에게서
불어오는 바람에서
흔들리는 꽃들에서

너를 숨겨 놓은 시간마다
겹겹이 쌓인 감정을 터트려
그렇게 쉬이 끝날 인연이 아니라고
내게 쉼 없이 말을 건다.

가슴앓이

네가 그리워 헤매던 시간은
이제 기억 속에서도 흐린데

너를 사랑했던 시간은 아직 남아
너를 닮은 사람을 볼 때면
너와 같은 이름을 들을 때면
내 가슴에 메아리처럼 맴돌아
여전히 가슴앓이를 한다.

네가 그리워 헤매던 시간은

이제 기억 속에서도 흐른데

너를 사랑했던 시간은 아직 남아

너를 닮은 사람을 볼 때면

너와 같은 이름을 들을 때면

가슴 속 메아리처럼 맴돌아

여전히 가슴앓이를 한다.

담배

○ ○ ○ ○ ○

끝을 향해 타들어 가는 담배처럼

내 사랑도 끝을 향해 타들어 가

더 이상 붉은빛을 내지 않는다는 것을

어느 날 갑자기 가 아닌

수없이 많은 날의 예고들로

스스로가 사랑의 끝이자

이별의 시작임을 알게 하기에

어쩌면 나는

이 사랑의 끝을

이미 알고 있었는지 모르겠다.

체기

너를 보내기로 다짐하고
너의 흔적을 지우려 애쓰고
너의 이름을 잊으러 발버둥 치고

내 속에 체기로 가득 채운
너의 추억을 꾹꾹 눌러
수없이 변기에 쏟아 내 보지만
내 미련으로 얹혀있는 너를

어떤 처방도 내 속에
그리움으로 자리한 너를
빼내지 못하고
어떤 약도 후회의
끝을 잡고 있는 너를
보내지 못하고
가엾은 나는
빙글빙글 눈물만 뚝뚝
아픔에 몸부림만 친다.

너
때문에

○ ○ ○ ○ ○

차가운 칼바람을 불어대는 너 때문에
무서운 소낙비를 쏟아붓는 너 때문에
딱딱한 우박을 쏘아대는 너 때문에

내 사랑은 따가운 생채기가 나고
내 사랑은 쓰라림에 온몸을 떨고
내 사랑은 파란 피멍으로 고통스러운데

이별 후에 남을 내 사랑은 보지 않고
이별 앞에 떠나는 네 사랑만 보는 너 때문에

네가 남긴 아픈 사랑 때문에

아픔을 쥐고 있는 손을 놓을 수 없어

닦을 수 없는 눈물을 바라보며

떠나는 너 때문에

잡을 수 없는 나 때문에

애달파 저미는 가슴만 여미고 또 여밀 뿐이다.

사랑이
끝났다

○ ○ ○ ○ ○

사랑이 끝났다.

뜨거운 눈물을 참는다.

사랑이 끝났다.

묵직한 추억을 꿀꺽 삼킨다.

사랑이 끝났다.

심장을 쥐어짜는 통증을 느낀다.

사랑이 끝났다.

끝난 이 사랑 뒤에.

고통스러운 사람이

나 하나였으면 좋겠다.

바람 한다.

진짜 사랑이 끝났다.

바보
천치

○ ○ ○ ○ ○

뿌리치는 너의 손을
잡을 수만 있다면
돌아서는 너의 앞을
막아설 수만 있다면
나는 아이처럼 소리 내어
엉엉 울며 매달려도 괜찮다.

그저,
이별을 말하고 돌아서는
너를 붙잡을 수만 있다면
너의 곁에 나를 남길 수만 있다면
나는 바보 천치가 된다 해도 괜찮다.

반창고

뾰족한 너의 말에 찔린 상처에
반창고 하나,

차가운 너의 손짓에 쓸린 상처에
반창고 하나,

날카로운 허덕임으로 베인 상처에
반창고 하나,

빨간 꽃을 피우며 붉게 물들이는
따끔따끔 쓰라린 상처에
살색 반창고 하나, 두울, 세엣
꾹꾹 눌러 덮어본다.

따끔따끔 쓰라린 상처가

노란 애림을 지나

검고 딱딱한 딱지로 굳어

더 이상 붉게 피어나지 못하도록

살색 반창고 하나, 두울, 세엣

꾹꾹 눌러 덮어 본다.

반창고에 꾹꾹 눌린 사랑이

오늘이 지나, 내일을 보내고

괜찮고, 괜찮다 다독여질 수 있게

따끔따끔 쓰라린 이별 위에

살색 반창고 하나, 두울, 세엣

덮고 또 덮어본다.

모든 밤은
헛되지 않다

○ ○ ○ ○ ○

너의 손을 잡고 걷던 거리의 밤

너와 마주 앉아 너의 얼굴 바라보던 밤

너의 어깨에 기대어 보내던 밤

너의 사랑에 취해 휘청거리던 밤

너의 품을 파고들며 안기던 밤

너와의 헤어짐 앞에 쓰라린 밤

너의 빈자리가 그리워 애절한 밤

너의 생각으로 하얗게 지새우던 밤

네가 보고 싶어 두 뺨 적시며 울부짖는 이 밤

그 모든 밤들이

사랑하는 너를 담고 있기에

여전히 나에게 헛되지 않다.

생각하는 사람

○ ○ ○ ○ ○

홀로 앉아 생각하는
사람 있었으면 좋겠다.
잠 못 드는 밤 생각하는
사람 있었으면 좋겠다.
술 한 산 기울이며 생각하는
사람 있었으면 좋겠다.

그리고
그 생각하는 사람이
눈물 나는 그리움 하나 품고 살며
사랑했다 말할 수 있는 사람이
당신이었으면 좋겠다.

커피

○ ○ ○ ○ ○

너를 생각하며 마시는 커피는 사랑의 맛
너를 기다리며 마시는 커피는 사랑의 맛
너를 바라보며 마시는 커피는 사랑의 맛
너를 녹여 마시는 커피는 사랑의 맛이다.

거리를 지나는 사람을 바라보며
마시는 커피는 시샘의 맛
창문을 두드리는 비를 바라보며
마시는 커피는 고독의 맛
마주 앉은 그림자를 바라보며
마시는 커피는 후회의 맛
나를 녹여 마시는 커피는 쓸쓸한 맛이다.

혀끝에 닿는 커피가 달콤한 건

사랑하는 너를 담고 있기 때문이었고

혀끝에 닿는 커피가 씁쓸한 건

사랑하는 너를 잃었기 때문일 것이다.

너는 나에게 쓰디쓴 커피를 남기고

누구와 달콤한 커피를 마시고 있을까?

문득 너의 그리움을 녹여 마시는 커피는

그저 보고 싶은 맛이다.

문득 너의 그리움을 녹여 마시는 커피는
그저 보고 싶은 맛이다.

사랑의
방식

○ ○ ○ ○ ○

내 방식으로 너를 사랑했다.

내 사랑만 너에게 주었다.

내 사랑만 너에게 채우기 급급했다.

너의 사랑의 방식을 알려고 하지 않았다.

너의 사랑을 보려 하지 않았다.

너의 사랑을 채우는 일을 미루게 했다.

나의 사랑은 너에게 넘쳐 버려졌고

너의 사랑은 고여 색을 잃어버렸다.

너는 나의 사랑을 뚝뚝 흘리며

색 바랜 너의 사랑을 안고 떠났다.

널 잃고 나서야 내 사랑은

채우지 못한 너의 사랑이 그리워

미련한 눈물만 담아내고 있다.

끝에

⚬ ⚬ ⚬ ⚬ ⚬

서로가 뿜어내는

냉기 서린 공기 끝에

서로가 애증으로

뱉어내는 말끝에

서로를 바라보는

슬픔 담긴 눈빛 끝에

내려앉은 다툼 끝에

잠시 방황하는 발길 끝에

내포되어 있는 감정 끝에

서로를 향한 이별 끝이 아니길

모른다

○ ○ ○ ○ ○

사람들은 말한다. 떠나는 사랑에
미련 두지 말고 오기 두지 말고
떠나보내라고,

하지만 사람들은 모른다.
내가 떠나는 사랑에 미련으로 오기로
붙잡고 있는 것이 아닌
사랑이 내 곁에서
눈물로 슬픔으로 머물며
나를 떠나지 못하고 있다는 것을
사람들은 알지 못한다.

어리석게

○ ○ ○ ○ ○

너의 손을 잡고 바라보는

너의 등이 좋았고,

나의 사람들에게

너의 이야기로 행복했고,

나의 공간을 채우는

너의 향기가 달콤했고,

나의 가슴에 물드는

너의 사랑이 아름다웠다.

너의 사랑은 영원할 것처럼

나의 곁에서 영롱하게 반짝였고

영롱한 반짝임에 눈먼 나는

어리석게 이별 뒤에 남게 될

너의 흔적을 헤아리지 못하고

나의 모든 것들에 너를 가두었다.

나는 한 뼘 굽은 너의 등을

바라볼 수 없게 될 줄이야,

나의 사람들로 너의

안부를 듣게 될 줄이야,

나의 공간을 채운 너의

향기가 지독하게 될 줄이야,

나의 가슴에 물든 너의 사랑이

그리움이 될 줄이야,

혼자 남겨진 눈먼 사랑이

이토록 혹독한 아픔이 될 줄이야,

너의 사랑이 떠날 것도 모르고,
남겨진 너의 흔적들이 반짝이는

눈물이 될 줄도 모르고
홀로 남겨진
나를 헤아리지 못하고
영원히 사랑하게 될 줄만 알고
어리서게 나의 모든 것들로
너를 사랑하기만 했다.

착각

살랑살랑 바람이 낙엽을 흔들었다.
쉬익쉬익 바람이 가지를 흔들었다.
달콤함으로 속삭이는 바람이
사랑이라, 요동쳤다.

너의 가슴이 뿌리내린
나의 사랑이 단단할 것이라,
잠시, 흔들리다 돌아오면 그뿐이다.
사랑을 거둠에 스스럼이 없었다.

너의 사랑은 온전할 것이다.
정처 없이 휘청 이는 나의 사랑은
착각하고 있었다.

홀로 남겨진 너의 사랑은

양분이 말라 가뭄에 시달려

휑휑 울부짖는데

착각 속에 헤매는 나는

울창했던 사랑을 바스락바스락

말라죽게 했다.

잠시, 흔들리다 돌아오면 그뿐이다

지독한 착각을 했다.

밉다

° ° ° ° °

너의 온기로

나의 손을 잡고,

나의 어깨를 감싸며

너의 사랑을 물들여놓고

흐르는 나의 눈물로

너를 흐려지게 하고

너를 그리움으로

추적추적 사라지게 한다.

나의 무엇이 너를 비워 내게 했을까?

나의 무엇이 너의 잃어 내게 했을까?

대답 없는 물음에

똑딱똑딱 흐르는 시간이 서글프기만 하다.

나는 너를 보낼 수 없어

이리, 저리 갈피 없이 흔들리지 않으려

안간힘 다해 애쓰지만

너는 자꾸만 추억 속으로 걸어가고

너에게 닿지 못한 나의 손끝은

애절하게 흐느끼기만 한다.

흔한
사랑이라고

○ ○ ○ ○ ○

스치는 인연마다 사랑이라고
이별에 가슴 치지 말라고 했다.

손에 뻗어 닿는 게 사랑이라고
이별에 애달파 몸서리치지 말라고 했다.

발에 차이는 게 사랑이라고,
이별에 눈물 흐느끼지 말라고 했다.

너의 사랑이 없는
나는 물 밖으로 떠밀린
물고기처럼 파닥이는데

다들 흔해 빠진 사랑이라고

괜찮다, 아파하지 말라고 했다.

불면증 ○ ○ ○ ○ ○

눈을 감으면 바로 잠이 들었으면 좋겠다.

내 머리를 헤집고 다니는

꼬리의 꼬리를 물고 늘어지는 생각 끝에

널 떠올리는 일이 없게

제발,

눈을 감으면 바로 잠이 들었으면 좋겠다.

변덕스럽게

○ ○ ○ ○ ○

내렸다, 그쳤다.
꾸물꾸물 하늘이
이랬다, 저랬다.
변덕스럽게 심술을 부린다.

생각이 났다, 잊게도 했다.
눈물 흘렸다, 웃게 했다.
내 머릿속 어딘가에 살고 있는 너처럼
잊을 수도 잃을 수도 없게
변덕스럽게 닮았다.

모른
척

○　○　○　○　○

물 한 모금 마실 시간도 없이
바빴던 탓에 네 생각을 할 틈 없이
하루가 잘 지났구나 싶었는데
퇴근길 소주 한잔 기울일까?
무심코 누른 너의 번호에
그만 눈물이 왈칵 터지고 말았다.

오늘 나는 바쁘다는 핑계로
네가 보고 싶었던 마음을 모른 척했을 뿐
네가 보고 싶지 않았던 게 아닌
잠시 꾹, 참고 있었던 것이었다.

지나는
시간이

○ ○ ○ ○ ○

쏟아지는 소나기에 외로움 하나
떨어지는 낙엽에 그리움 하나
눈 내린 설원 위에 보고픔 하나

어느 곳 하나 너의 그림자 없는 곳 없고
어느 곳 하나 너의 향기 없는 곳 없다.

내 눈에 담기는 모든 시선이
너를 그리게 하고
내 귀에 담기는 모든 소리가
너를 울리게 하고
내 입에 담기는 모든 말이
너를 부르게 한다.

내 곁을 지나는 모든 시간이
나로 하여금 너를 잊지 못하게 한다.

내 곁을 지나는 모든 시간이

나를 하여금

너를 잊지 못하게 한다.

하지
못하는 말

° ° ° ° °

뭐해?

밥 먹었어?

밥 먹자?

누구에게나 할 수 있는

이토록 쉬운 말이

너에게만은 하지 못하는 말로

내뱉을 수도,

삼킬 수도 없이

입안을 빙빙 맴돌기만 한다.

문득
그런 날

○ ○ ○ ○ ○

문득 눈물이 그렁그렁 한 날이 있다.
특별한 이벤트가 있던 것도 아니고
날씨가 흐려 감정이 내려앉는 것도 아니고
슬픔 영화에 빠진 날도 아닌데
넉먹해 눈물 그렁그렁 한 날

문득 그런 날에는
너를 그리워하는 내가 보고 싶어
내가 모르는 사이 내 마음 곁에
네가 살짝 다녀갔기에 그런지도 모르겠다.

술
　　취해 　　　　　ㅇ　ㅇ　ㅇ　ㅇ　ㅇ

술에 취해 전화해서
보고 싶다는 너의 말이
술이 깨면 거짓말이 된다 해도

술 취한 네가 그때처럼
나에게 전화해서 "보고 싶다"
말해준다면 좋겠다.

"나도"
대답할 수 있게.

서로
다른 같이

○ ○ ○ ○ ○

같이 밥을 먹고

같이 영화를 보고

같이 산책을 하고

같이 한 침대에서 잠을 자고

무엇이든 둘이

같은 어제를 살고

같은 오늘을 맞이하고

같은 내일을 생각하는 줄 알았는데

우리는 같이만 했을 뿐,

서로 다른 미래를 꾸려왔던 모양이다.

이제는 둘이 아닌,

나 혼자 덩그러니 남겨진 걸 보니..

검정 패딩

° ° ° ° °

어제까지 입던 검정 패딩 점퍼가
불어오는 봄바람에
때 늦은 거추장스러움이 되듯

어제까지 사랑했던 너도
은은하게 퍼지는 봄 햇살에
때 잃은 거추장스러움이 되어준다면

때 늦은 검정 패딩 점퍼를
옷장에 집어넣고 겨울이 될 때까지
잊어버리는 것처럼
때 잃은 너와의 사랑도
다시 돌아오지 않을 시간 동안
마음장에 집어넣고 잊어버리고 싶다.

덧이
나서

○ ○ ○ ○ ○

작은 상처에
자꾸자꾸 손을 대면
덧이나 아물지 못하는 것처럼

너라는 기억이
자꾸자꾸 덧이 되어
마음을 아물지 못하게 한다.

물든
채로

○ ○ ○ ○ ○

흰 티셔츠에 물든 김치 얼룩
지우는 일도 이렇게 어려워
흰 티셔츠 이곳, 저곳이 얼룩덜룩 한데
내 삶에 물든 너의 흔적을
과연 지워 낼 수 있을까?

아마도 난,
너의 흔적을
빼내지 못하고
지우지도 못하고
그냥, 그렇게
너를 물인 채로 또 살아가겠지.

반대말

분노에 반대말은 슬픔

슬픔에 반대말은 그리움

그리움에 반대말은 눈물

눈물에 반대말은 너

사랑이었던 너는

그렇게 눈물이 되어

나를 울리기만 한다.

쏟아내다

。 。 。 。 。

그리움이 쌓이고, 쌓여
추억이 될 때까지
보고픔을 한껏 쏟아내고서야,

사랑은
눈물을 마르게 했다.

노을

○ ○ ○ ○ ○

맑게 물들이는 노을을 보며
그리움으로 떨어지는 눈물 대신

"우와" 감탄사가 입 밖으로
먼저 터저 나오는 섯을 보니
혼자인 외로움이 물들어
너와의 이별에
제법 익숙해졌나 보다.

붉게 물드는 노을을 보며

그리움으로 떨어지는 눈물 대신

"우와" 감탄사가 먼저 입 밖으로

터져 나오는 것을 보니

혼자인 외로움이 물들어

너와 이별에 제법 익숙해졌나 보다.

느리게
걷기에

느리게 느리게 걷기에

조금 있다 붙잡아도 될 거라 생각했는데

너는 느리게 느리게

나와 다른 곳을 향해 걸어가고

더 이상 내 손이 닿지 않는 거리에

내가 안간힘으로 붙잡는다고 다가서 보아도

너는 느리게 느리게

어느새 내 눈에 보이지 않을 만큼

저 멀리 가고 있더라,

느리게 느리게 걷기에

이별은 아니라고 생각했는데

너는 느리게 느리게

나와 이별하고 있더라,

너처럼

이렇게 끝낼 사랑이었으면서
왜 그렇게 나를 목매게 했을까?

영원하지 않을 거라고 귀띔이라도 해 줬다면
이별 뒤 아픔마저도 내 몫으로 남기는
미련한 사랑,, 하지 않고,
나도 너처럼 내일 헤어질 사람처럼
쉽게, 쉽게 사랑했을 텐데,,

되새겨 후회해도
나는 또다시
나처럼 너를 사랑하겠지

벙어리

○ ○ ○ ○ ○

나는 너에게 잘 지내냐는
물음도 할 수 없고,
나에게 잘 지내냐는
너의 물음도 대답할 수가 없다.

나의,
"잘 지낸다"라는 대답이
혹여, 나에게 돌아올 너인데
그 길을 막는 걸림돌이 될까 봐?

나의,
"잘 못 지낸다"라는 대답이
끝을 맺고자 하는 너인데
죄책감으로 발목 잡을까 봐?

나는 너에게 잘 지내냐는 물음도

잘 지내냐는 너의 물음도

아무런 대답도 하지 못하는

미련만 삼키는 벙어리가 되고 만다.

이별

○ ○ ○ ○ ○

너와의 이별 앞에
"너 참 변함없구나!"
한탄하며 돌아서는 순간

나 또한 변하지 못해서
이별을 자연스럽게
받아들이고 있다는 것을
깨닫는다.

결국 우린 서로가 변할 수 없었기에
오늘의 이별을 선택했던 것이다.

약

° ° ° ° °

제법 "혼자"가 익숙해졌다 생각했는데
불현듯 찾아오는 "우리'가
살갗에 닿는 차가운 바람만큼
마음이 시려 버렸다.

나는 혼자이기에
아직
시간이라는 약이
더 필요한가 보다.

시간

○ ○ ○ ○ ○

시간이 내 감정대로
즐거워 오래 붙잡고
괴로워 빨리 떨쳐 낼 수 있다면
얼마나 좋을까.

그럼,
내가 사랑했던 시간을 오래도록
붙잡을 수 있었을 테고,
아픔으로 지새우는 시간을
빨리 보낼 수 있었을 테고,

시간이 내 감정대로
움직일 수 있다면
얼마나 좋을까.

그럼,

어제는 너와 함께 즐거워 오래 붙잡고

오늘은 네가 없어 괴로워 빨리 보내고

내일 남겨진 이별에 눈물 흘리지 않아

얼마나 좋을까,

첫눈

첫눈이 내리면
만나자는 약속을 한 적도 없는
너인데,

매년 첫눈이 내릴 때면
나로 하여금
너를 생각나게 한다.

빈속

○　○　○　○　○

네가 사라져 버린

나의 빈속에

하얀 맥주를 부어 넣어도,

투명한 소주를 내려보내도

붉은 와인을 적셔 보아도

네가 사라져 버린

나의 빈속을

채울 길은 없고

네가 보고 싶어

차오르는 눈물은 찰랑찰랑

멈출 길이 없다.

고독

○　○　○　○　○

더 이상 상처받을 틈 없이 지친

마음에 숨어들어

적막하고 쓸쓸하게 남겨진

마음을 들여다보며

그리움보다 진하고 외로운 보다 깊게

누구에게도 들키고 싶지 않은

꽁꽁 숨겨둔 나만의 치부를 꺼내

울부짖어 보듬어 치유하게 하는

한 없이 나약한 마음에

온전한 나만의 손길과

온전한 나만의 용기로

등 돌려 돌아서는 이별 앞에

무너짐 없이 홀로 일어설 수 있는

단단함을 채우게 하는 고독

억지

○ ○ ○ ○ ○

술 버릇이라는 핑계로
일이 있다는 핑계로
약속이 있다는 핑계로
습관이라는 핑계로

우연을 가장한 억지는
너와 마주치기를 바라는 구차한 핑계들로
너와 마주치기를 바라는 끝없는 욕심들로
나를 같은 거리 위에서
수없이 많은 발걸음으로 서성이게 한다.

우연을 가장한 억지는

너와 마주치기 바라는 구차한 핑계들로

너와 마주치기 바라는 끝없는 욕심들로

나를 같은 거리 위에서

수없이 많은 발걸음들로 서성이게 한다.

바라만
본다

○   ○   ○   ○   ○

서로의 손을 어루만지는 연인

서로의 어깨가 다정한 연인

서로의 장난이 즐거운 연인

서로의 눈동자에 자신을 새기는 연인

서로의 입술에 미소를 머금은 연인

서로의 품으로 온기를 채우는 연인

사랑을 말하는 그들을 바라본다.

한때 나도 저런 모습을 하고

그들의 틈바구니에서

너와 함께 사랑하고 있었는데

지금 너는 어디에 있는 걸까?

네가 없는 나는

사랑을 말하는 그들을

그저, 바라만 본다.

외면

술 취해 너에게 전화하는
내 모습이 싫어
헤어짐 앞에 술을 끊었다.

씩씩대며 흘리는 땀만큼
너를 잊어 낼 수 있을까
운동을 시작했다.

뿌연 담배 연기 속 메아리처럼
울리는 너의 음성이 애잔해
담배를 끊었다.

너를 잊어 내기 위해 애쓰던 시간이

나를 변화시키고 내 곁에

따스한 눈빛으로 부드러운 미소로

포근한 음성으로 극성스러운데

정작 너는 고요한 침묵 속에 있다.

너와 있을 때 하지 못한 일들이

네가 없이도 해 낼 수 있었으면서

네가 있을 때 왜 하지 못했을까

후회는 비겁하기만 하고

너의 외면을 외면할 수 없는

나의 마음은 서글퍼 한없이 시리기만 하다.

건배

○ ○ ○ ○ ○

나를 비추는 농도 낮은 조명 아래
이름조차 알지 못하는
칵테일을 마신다.

칵테일 한 모금
진실 된 내 모습을 꺼내
몇 번의 미소로 번지게 하고
칵테일 한 모금
사랑했던 그때의 기억을 꺼내
몇 방울의 눈물로 삼키게 한다.

칵테일 한잔
서글픈 나를 위해 건배

칵테일 한잔
애잔했던 우릴 위해 건배

칵테일 한잔
그리운 너를 위해 건배

칵테일 한잔, 두 잔,
아련한 흔들림에
나는 취하고,

취기에 흔들리는 몸은
빈 칵테일 잔에 맡겨
아침을 잊은 채, 밤이 깊도록
빈 가슴에 잔을 채우고 또 채워
깨고 싶지 않은 사랑에
미련을 붙잡는다.

발걸음   ○ ○ ○ ○ ○

돌아서는
나의 발걸음에
후회가 없기를

돌아서는
나의 발걸음에
미련이 남지 않기를

돌아서는
나의 발걸음에
아픔을 남기지 않기를

돌아서는

나의 발걸음에

새로운 시작이 되기를

사랑으로 돌아서는

우리의 발걸음에

흐려지는 눈물이 아닌,

반짝이는 추억이 남기를

꽃

점   ○   ○   ○   ○   ○

"사랑한다."

"사랑하지 않는다."

"사랑한다."

"사랑하지 않는다."

수없이 많이 꽃잎을 날리고

수없이 많은 꽃점이

수없이 많이 "사랑하지 않는다."

점 꾀를 말하는데

아직 내 마음은

여전히 "사랑한다"이고 싶다

슬피 말한다.

색을
잃은 꽃

○　○　○　○　○

붉게 타오르던 빨강 꽃잎은 어디로 갔을까요?
따뜻하게 감싸던 초록 잎사귀는 어디로 갔을까요?
사랑이라 말하며 붉게 물들이고
사랑이라 말하며 푸르게 따사로웠는데

어떻게 "그만" 한마디로
붉게 물들이던 빨강을
따사롭게 채우던 초록을
묽게, 묽게 흩트려 찾을 수 없게 하나요?

꽃에서 색을 빼앗으면 시들게 되는 법인데
사랑에서 색을 빼앗으면 어떻게 되는 걸까요?

나는 색을 잃어 시들고 싶지 않고
나는 여전히 빨강으로, 초록으로
아름다워지고 싶은데

나에게 색을 잃은 꽃이 되라고 말하면
나는 어떻게 해야 할까요?

응원

돌아서는 그대를 잡지 않는
그녀를 응원한다.

눈물 흘리는 그녀에게
흔들리지 않은
그대를 응원한다.

열렬히 사랑했기에
이별 앞에 구차하진 않은
우리를 응원한다.

함께일 때 행복했다고 말할 수 있는

너와, 내가 되기를

새로이 시작되는 사랑 앞에

오늘 이별이

발에 차이는 후회가 되지 않기를

너와, 나의 내일을 응원한다.

빨간불

멈춰!

다가서지 마!

내 마음이

사랑 때문에

더 이상 상처받고 싶지 않다잖아!

멈춰!
다가서지 마!
내 마음이
사랑 때문에
더 이상 상처 받고 싶지 않다잖아!

청춘

○ ○ ○ ○ ○

편의점 컵라면과 삼각김밥에 배가 든든했고
새우깡 한 봉지에 소주 한 병 노상마저 낭만적이었고
기본급도 안 되는 시급에도 비루하지 않았고
콘크리트 바닥에 주저앉아도 기죽지 않았고
명품 하나 없이도 내가 명품이라 자부했고
내일을 향해 달리기에 두려움 없었고
사랑에 좌절해서도 툭툭 털고 일어나는 강인함으로
다시 사랑함에 주저함 없이
가진 것 없어도 꿈꾸는 배짱이 두둑했던
온전한 나를 사랑했던 그리운 청춘.

내가 ○ ○ ○ ○ ○

주목받던 내 목소리가

당당한 나의 행동 가짐이,

불의를 불의라고 말하고.

싫은 일에 감정 숨김없이

안 된다는 생각조차 하지 않던

자존감과 자신감을 지키는 내가,

시간이 지나도 이 모습 그대로일 것이라

자만했던 내가,

열정의 방패를 들고

패기의 칼을 차고

꿈을 향해 걸어가는 내가,

두려워 뒷걸음질 치지 않고

불안에 걱정이란

핑계를 대지 않던 내가,

너무도 그립고, 그립다.

시샘

ㅇ ㅇ ㅇ ㅇ ㅇ

파릇파릇한 새순 닮은
너희가 부럽다.
한 떨기 꽃봉오리 닮은
너희가 부럽다.
설레는 감정
분홍으로 낯빛 물들이는
너희가 부럽다.

"사랑해 "
아옹다옹 속삭이는 너희가
나는 참 부럽다.

사랑하지
마라

○ ○ ○ ○ ○

술 마시고 사랑하지 마라
쓰린 후회만 남긴다.

술 마시고 사랑하지 마라
메스꺼운 상처만 남긴다.

술 마시고 사랑하지 마라
역한 이별만 남긴다.

술 마시고 사랑하지 마라
헛된 용기와 짧고 쾌락은
지울 수 없는 흉이 되어
오래도록 아픔이라는
되새김질만 남긴다.

술 마시고 사랑하지 마라

취한 사랑은

진실 된 사랑이라 말할 수 없다.

그때
그녀

○ ○ ○ ○ ○

거울 보며 핑크빛 립스틱을 바르고

귀걸이를 거는 그녀

지나는 거리마다 따뜻한 눈빛과 미소를 짓는 그녀

이야기마다 애정이 담고 있는 그녀

사랑을 품고 반짝이는 그녀

그때의 그녀는

거울 대신 주방 앞을 서성이고

풍경 대신 빠른 길을 찾아 종종거리고

이야기마다 일상에 고단함을 내뱉고

삶에 지쳐 잿빛이 되어버린,

아내, 엄마가 아닌

사랑을 품어 반짝반짝 빛나던 여자

그때 그녀가 보고 싶다.

그때
그대

○　○　○　○　○

멀리서 걸어오는 그대를 한눈에 알아보던
수많은 사람들 중에 그대를 한 번에 찾을 수 있던
그대의 얼굴 속에서 그대의 감정을 읽을 수 있던
그대의 모든 말들이 사랑으로 느껴지던

그때의 그대가 보고 싶다.

그대 생각으로 설레고
그대와의 만남 앞에 밤잠 설치던
그때의 그대를 사랑한
그녀가 보고 싶다.

사랑으로 만나 의무로 살아가는 삶이 아닌
사랑으로 만나 진실로 살아가고 싶다 했던
그때의 우리가 보고 싶다.

밤하늘

○ ○ ○ ○ ○

너를 사랑하는 밤하늘은

어둠을 지우는 노란 달빛으로

나의 발자국에 황홀한 춤을 추게 하고

너와 행복한 밤하늘은

불어오는 찬 공기마저 살랑살랑 온기로

뿜어내는 숨조차 따사롭게 하고

너를 그리워하는 밤하늘은

반짝이던 별에 빛을 뺏어

또르르 눈물로 떨어지게 하고

네가 보고 싶어 외로운 밤하늘은

거뭇거뭇 그늘진 싸늘함으로

두 팔로 나의 몸을 감싸게 한다.

너를 품은 밤하늘은

나의 마음에 어둠마저 잊어내고

밝은 빛만 가득 메워 놓고

너를 잃은 밤하늘은

반짝이던 빛마저 꽁꽁 숨겨

나의 마음 깊이 쓸쓸한

암흑만 가득 채워 놓는다.

아메리카노

○ ○ ○ ○ ○

연갈색 달콤한 믹스 커피만 먹던 내게
까맣고 씁쓰름한 아메리카노를 알려주고

한여름엔 아, 아로 더위를 달래고
한겨울엔 뜨, 아로 추위를 녹이며
더 이상 연갈색 믹스커피는 먹지 못하게 하더니

정작 아메리카노를 같이 마셔줄 네가 없이
까맣고 씁쓰름한 아메리카노만 남겨진 채
목으로 넘어가는 쓸쓸함에
하얀 설탕 녹이고 또 녹여 보아도
여전히 까만 그리움 씁쓸히
달콤한 그때만 그리게 한다.

붉은
실

○ ○ ○ ○ ○

사람의 인연은 고작 붉은 실 하나로
연결되어 있다고 하는데

고작 붉은 실 하나가
사랑이란 이름으로
너를 생각하게 하고
너를 그리워하게 하고
너를 만지고 싶게 하고
너를 가지고 싶게 하는
욕망을 깨워 지독하고 무섭게
나를 옭아맨다.

함께이지만

○　○　○　○　○

한곳을 바라보던 두 개의 눈빛은
어디로 갔을까?

한곳을 향해 걷던 두 쌍의 발은
어디로 갔을까?

함께 손잡고, 함께 웃고, 함께 울던
우리는 어디로 갔을까?

네가 바라보는 곳에 내가 없고
내가 바라보는 곳에 네가 없는데
함께이지만 함께이지 못하는 우리가
진정 사랑한다고 말할 수 있을까?

내가 바라보는 곳에 네가 없고
네가 바라보는 곳에 내가 없는데
함께이지만 함께하지 못하는 우리가
진정 사랑한다고 말할 수 있을까?

그때가 ○ ○ ○ ○ ○

보고 싶을 때 달려가고,

안고 싶을 때 파고들고,

입 맞추고 싶을 때 스스럼없이

네 옆이 당연했던 그때가 사랑이었다.

포장마차

추위에 움츠린 나를 달래주던 어묵꼬치

고픈 나의 배를 채워주던 가락국수

월급날의 사치 무뼈 닭발과 곰장어

삼겹살 대신 먹었던 고갈비

좌절 앞에 이별 앞에 삼켰던 소주

꿈은 창대하지만 가난했고

치열했지만 늘 텅 빈

나의 지갑을 지켜준

어두운 골목 주홍 불빛 포장마차

추위에 떨었고, 가난함에 배고팠고

열정 했지만, 현실에 좌절했고

사랑했지만 보낼 수밖에 없어 슬피 울던

젊음이라 말하는 나를 품어 주던

어두운 골목 주홍 불빛 포장마차

지금은 그때 나는 찾을 수 없고

지금은 그때 주홍 불빛 사라졌지만

문득 삶의 무게가 버거운 어깨를 만날 때

뜨거운 국물에 위로받고

쓰디쓴 소주에 눈물을 삼키던

가난했지만 포근한

그때의 나를 그려 달래본다.

겨울

○ ○ ○ ○ ○

따가운 햇살 아래 찌푸린
나의 미간에
넓은 손등 그늘 만들어
주름진 눈가에 웃음 피우던 네가
살을 아리며 불어오는 칼바람에
움츠린 나의 어깨 끌어안고
추위를 녹이던
뜨거운 품을 가진 네가
이제는 내 곁에 없어

두꺼운 패딩 속으로
온몸을 구겨 넣어 보지만
살을 아리며 불어대는 바람을
피할 수가 없다.

행운

○ ○ ○ ○ ○

내 옆에 있는 네가
행운인 줄도 모르고
어리석게 행운을 찾는다고
너무 오래 헤매기만 했다.
나에게 행운은 분명 너였는데..

향기

○ ○ ○ ○ ○

네가 보고 싶지 않다
말하는 입이 무색하게
너를 닮은 향기가 코끝에 날아들자
폐 속 활짝 열고 머리를 흔들어
기어코 너를 불러, 그립게 한다.

유난스럽게

한낱 거품 같은 사랑이었는데

한낱 터지면 그만인 사랑이었는데

사랑할 때

왜 그리 유난스럽게 사랑했는지 모르겠다.

홀로

○ ○ ○ ○ ○

내리쬐는 태양 아래
마주 잡은 손을 놓지 않던 우리가

살을 파고드는 추위에
서로의 온기만으로 추위를
녹이던 우리가

내리쬐는 태양이 두려워
더 이상 서로를 향해
손을 뻗지 않기에
살을 파고드는 추위가 무서워
더 이상 서로의 온기를 찾지 않기에

홀로 남겨진 슬픔에 눈물만이

고통을 대신 감당할 뿐이다.

홀로 남겨진 슬픔에
눈물만이 고통을
대신 감당할 뿐이다.

비
내리는 날

내리는 비를 보면
마음이 저민다는 그 아픔을
당신을 보내고 나서야 배우게 합니다.

당신 없이 창문을 두드리는 비를
홀로 바라보는 마음에서
한없이 저미는 아픔을
비를 닮은 눈물로 내리게 합니다.

네가

○ ○ ○ ○ ○

내 눈물의 원인이자

내 아픔의 이유인

그런 네가,

매 순간 쉼 없이 그립고

매일 가장 보고 싶다.

네가 보고 싶어 두 뺨을 적시며
울부짖는 그 모든 밤들이
사랑하는 너를 담고 있기에
나에게 여전히 헛되지 않다.

에필로그

당신 마음에 움튼 사람이

당신의 사랑으로

아름답게 피어나길 소망합니다.

모든 밤은 헛되지 않았다

2022년 7월 11일 발행

지은이   장윤회

디자인   포레스트 웨일
펴낸이   포레스트 웨일
펴낸곳   포레스트 웨일
출판등록   제2021-000014 호
주소   충남 아산시 아산로 103-17
전자우편   forestwhalepublish@naver.com

전자책 979-11-92473-11-6(95810)
종이책 979-11-92473-14-7(03810)